陈波来，1965 年生，贵州湄潭人。1985 年起在省级文学刊物发表组诗和译作，1987 年底迁居海口，其间辍笔至 2014 年始重习写作。已出版诗集《碎：1985—1995》（1999年）、《不得碎》（2017 年）、《山海间》（2017 年）、《陈波来短诗选》（中英文版、2018 年）、《异镜——中国当代域外诗十二家》（与人合著，2021 年）、《入海口散章》（2024 年）。曾参加第十六届全国散文诗笔会、第二届中国网络诗人高研班、鲁迅文学院诗歌高研班、诗刊社第十四届"青春回眸"等，现为中国作协会员、海南省作协诗歌创委会主任、海口市作协副主席。

入海口诗札

Ruhaikou Shizha

陈波来 / 著

南方出版社　海口

图书在版编目（CIP）数据

入海口诗札 / 陈波来著 . -- 海口 : 南方出版社，

2024.5

ISBN 978-7-5501-8999-7

Ⅰ . ① 入… Ⅱ . ① 陈… Ⅲ . ① 诗集 － 中国 － 当代

Ⅳ . ① I227

中国国家版本馆 CIP 数据核字（2024）第 091009 号

入海口诗札
Ruhaikou Shizha

陈波来【著】

责任编辑： 白　娜
出版发行： 南方出版社
邮政编码： 570208
社　　址： 海南省海口市和平大道 70 号
电　　话： (0898) 66160822
传　　真： (0898) 66160830
经销单位： 全国新华书店
印　　刷： 三河市华东印刷有限公司
版　　次： 2024 年 5 月第 1 版
印　　次： 2024 年 5 月第 1 次印刷
开　　本： 880mm×1230mm 1/32
印　　张： 6.625
字　　数： 60 千字
定　　价： 52.00 元

目录

辑二 愧于立在原处

辑三　潮水一直变化

辑四　前方就是入海口

入海口处有"故事"

——序陈波来诗集《入海口诗札》

张德明

在当代中国诗坛，主题写作已然成为了一种显而易见的艺术主潮，不少诗人从自身的生存环境、知识阅历和个体经验出发，抓住一个重要的题材和主题，多维观照，集中用墨，写出了一系列与之相关的诗歌作品，以此来将自己的人文情怀和审美诉求彰显出来。主题写作的意义在于，它可以让诗人的情感输出有一个具体的附着之地，让诗人的思想传达有着真切的寄寓之物。寓居海口三十余年的诗人陈波来，对大海的关注和审视由来已久，尤其对入海口这一独特地带的自然风物和人文特质深有体味，近些年来，他持续以"入海口"这个富有意味的地域为聚焦对象和抒情目标，从不同向度来展现与"入海口"息息相关的情绪和记忆，同时也将自我对于海洋世界的细致观察和对于个体生命的深峻思考加以有效地阐发。

从地理构造上看，入海口绝对是一个不同寻常的空间存在。它是大江大河的归宿地，也是大海大洋的边界处；它是陆地世界与海洋世界的交接点，也是潮汐涌荡和日月升降的观望点。它是渔民出海的起点，也是船夫们归航的终点。总而言之，入海口处，有风景，有人物，有故事，有传说，始终洋溢着诗情与画意，值得诗人们挥洒笔墨，用心用情地去书写和咏赞。诗人陈波来显然意识到了这里蕴含的诗意美学，他从"入海口"出发，沿着不同的思维径路去垦拓情绪发散的表达空间，以如许分行的文字来纵情抒写由"入海口"触发出的斑驳复杂的情感与思想，从而绘制出了一幅别具特色的"入海口"诗学图景，给我们带来了阅读的惊艳和精神的满足。

在陈波来笔下，入海口首先是迷人景观的荟萃地。这里有丰富的植被，许许多多海边的植物都显得精神饱满，生机盎然，"从内河蜿蜒向入海口，夹岸／葳蕤：高低有椰子树、榄仁、黄婵、三角梅／以及紧贴沙滩抵近海浪的鲎藤"（《秘密》）。这里有萌态可掬、令人爱恋的鸟类，"白鹭突然变得迟疑、紧张／似乎不敢相信／它晃动着细长的脖颈和小脑袋／对于海那边送来的一阵快意雄风而言／它的神色，显然悭吝了一些"（《退潮》）。这里有常常能见到的美好的月色，它总是"悬置高处，而发着光"（《关于月亮》）。这里当然少不了流水和海风，诗人写入海口的"流水"："说到流水，流水就来了／从远山来的，从云上倾注而下的／一路跌跌撞撞，此时都换了闷声不语的样子／大海倒坦然，一直在入海口／喊来喊去。喊出的白色浪花和涛声／都是流水所向往的"（《闲事》），从远山和远天奔赴到大海的流水，终于在入海口汇聚了，它们为眼前叫喊着的白色浪花和涛声兴奋不已。诗人写海风："对于一个来自山里的异乡人／只有吹了半年的，呵，不，吹了／三十年的入海口的风／是唯一的清凉"（《风》），风的颜色和形状也许无法描述，但它带给人的清凉和爽适却是深入骨髓的。这样一来，无时无处不在、总是带给人舒适和凉爽之感的海风，无疑也构成了入海口无法忽视的风景。

其次，入海口也是窥望海洋世界的极佳观察点。在这里，诗人不仅看到了海浪、潮汐，也听到了涛声，还目睹到海边人家充满奇迹和梦幻的生活情景。诗人这样来叙述涨潮和退潮的迷人情态："涨潮时许多可疑的漂浮，从入海口来／缓慢又坚定，拽着云影奔向曲折的腹地／那是被称为中游和上游的一段／林木葳蕤，水趋于甘甜／而当水流迅速退回入海口／大半个河床裸露／停泊的船仿佛遭遇搁浅"（《涨潮或退潮》），这首诗将"涨潮"与"退潮"这两个发生在不同时间段落的海洋现象连在一起加以描述，既显示了诗人对海洋关注已久、品味多时的心理事实，也将其对潮汐涌动的海洋世界如此着迷和痴恋的情绪征候形象地折射出来。在《惊醒》一诗中，诗人还以"河道惊醒了我"为关键语，引领我们去关注在大海上劈波斩浪、清晨满载而归的渔民们清晨的繁忙生活："清晨的河道惊醒了我／一条条从入海口返回的渔船，一阵阵／哒哒声响的马达，被藏起的波涛／又全都亮了出来／像从空中攫取的鱼群，从大海深处／网住的云朵，历历可数／碎冰块压实了船舱，也使马达／沉重又高亢／沿河堤岸跑过一辆辆快车／早起而忙碌的人，在曦光中／留下剪影，清晨的河道惊醒了我／也惊醒了这座滨海之城"。

在陈波来的笔下，入海口也是人情世态的重要观照地。入海口连接着海洋和陆地，也将海上生活和陆地生活的两类人有机串接在一起，让人们彼此之间心心相印，相濡以沫。陈波来有一个要好的哥们，名叫"阿星"，他有好几首诗，都提及这位可爱的兄弟，其中《渔民兄弟》写得最为集中和生动："潮汐乱了，或者说潮汐／来去已经不让我心中有数了／阿星也没打电话，他的船还在海上／／大海太大，一滴海水也没法有／咸涩的边际，他的船／难以靠岸歇息，颠簸也没有边际／／阿星会记住我的话，我这里／有一瓶酒等着他，50度的汹涌／给他止息，给我潮汐"。大海上潮汐层起，海风劲吹，而那位出海捕鱼的渔民兄弟阿星一直没给他电话，站在入海口的诗人显得如此的焦虑和担忧，但内心又在默默地为自己的兄弟祈祷和祝福，他确信"阿星会记住我的话，我这里／有一瓶酒等着他，50度的汹涌／给他止息，给我潮汐"。在入海口处，诗人不仅为海上渔民的生活牵肠挂肚，也对人们的陆地生活处处留心，《某夜》一诗，就将一个少女伤心难过的情态简洁地描摹出来："从老街斑驳的甬道，少女／转向一侧的脸，灯光照见了一半的泪痕／深夜十一点的老街，行人渐少，车辆／如低垂的眼皮，在入海口的灯影中眨闪／少女之前的哭泣，只能关乎一起／与眼前景物毫无联系的事件／比如初恋的背叛，以及争吵后／手机上一阵拨不通的关机提示……少女的悲伤／是那么具体，难以自抑地走上老街／黑夜借灯光照亮又很快掩盖／她不情愿示人的泪痕，我假装／没看见，拎着打包的两杯老盐柠檬水／像影子一样，匆匆而过"，出于对人间冷暖的关注和关心，诗人显然注意到了眼前这位少女的悲情实景，但为了不让那位少女尴尬，诗人又有意假装自己没看见，"像影子一样，匆匆而过"，这个细节所折射出的诗人时时处处为他人着想的人文情怀是赫然可见的。

在陈波来眼里，入海口还是自我生命的寄寓所和品味宇宙人生奥义的重要出口。诗集中有一首极为精短的诗，名为《入海口箴言》，这样写道："要克制。诗／听从了经营／／短，不放任／情绪的恣意流淌／／且一开始，就／确知河道尽头"，这首有着"元诗"意味的诗作，既可以看作诗人创作这部诗集的基本诗学态度的高度概述，又可以理解为诗人由此展开诗意人生的精神指南。在另一首诗里，诗人则自己视为一条"入海的河流"："入海口，可望又不可及／甚至可以掬捧在手又不可确知／河汉纵横，万流归海，是个大事情／我看不清入海口很正常，我看得清入海口／也只是侥幸，我是那条入海的河流呀／还是那个惝恍于岸上的人／同样是在心上悬着一块石头／我经常说着说着，把自己说成了／另一条河流甚或别的事物"（《说到入海口》），对入海口观望既久，思忖多时，结合自己从贵州的出生地大山来到海口这座面朝大海的城市居住、生活的人生历程，一种奇特的移情现象自然而然地发生了，诗人也恍惚之间感觉自己化身为一条河流，在入海口处感受到生命的激荡和灵魂的冶炼，生命因此得以升华和超越。更多时候，诗人还是冷静地意识到，自己只是一个普通的"观海者"，他在大海那里接收到许多生命的信息："我多半是从一条河流眺望大海／眼光撕开一道口子／我从未想过曾经向那一片遮天蔽日／的海蓝色，倾注了多少的浑浊／一条河流终于走到尽头／从一条河流的立场，我再也找不到／带着具有辨识度的泥沙味的一朵水花／汇融本身，意味着一方弱小的／最后消减与丧失。水在迅速增加／但品味不必遵从生活的咸淡"。"品味不必遵从生活的咸淡"，人生自有不断摆脱弱小汇向高处的期盼，这就是诗人陈波来在入海口处领受到平实朴素却又不乏深刻的生命哲学。

对于热爱大海，钟情于海洋抒写的诗人来说，入海口绝对是一个难得一见的富矿。因为那里的景色旖旎迷人，让人优哉游哉，乐而忘返；那里的故事丰富精彩，总是说不完，道不尽。入海口还是一个充满复杂、矛盾、挣扎、奔突的动力场，在那貌似平静的水面下，汹涌的暗流无时无刻不在涌动，这与我们表面平静而实则波澜频起的人生和心灵状态有着天然的同构关系。我由此相信，以"入海口"为烛照对象和聚焦目标，诗人陈波来还会写出更多更好的诗歌作品来，还会带给我们更多的惊喜和感动。

　　是为序。

张德明，岭南师范学院文学与传媒学院教授，

南方诗歌研究中心主任

流水慢下脚步

流水上的剪影

流水上，一些事物的剪影

认出了我，比如各种步态的人的，惊飞的鸽群的

方正的海关大楼的，远远投来的入海口大桥的……

它们认出我，我肯定是它们眼中

一个没赶上流水的剪影

它们在流水上，一下就慢了脚步，像亲人

一样不舍，看了我最后几眼

我顿生悲凉，有再次被遗弃于人世的感觉

迷恋

开始迷恋流水，也就开始迷恋石头

一些匆匆消散，一些持久不化

草木做不了看客，人也是，仅能

将自己稳住一些时日

汁水丰盈的肉身很快枯索凋零

如此看来，甚至石头也莫过于此

就算它是大地最喑哑的骨头

那流水带来的秘密的削夺，无一独善其身

唯有入海口，令人肃然起敬

它要将这一份万物同悲，完好地

安放于大海。它对如何是完好的迷恋

近乎偏执，一直在拿沙堤反复修改

潮汐

它把大海翻了一遍遍，仍然是
从幽暗深处捞起的冰冷、咸涩、破碎的白浪
天爷！就让它尽快找到它要找的吧
白日不够它翻，夜晚也不够
乘光影轻薄
它开始在我身上下手
又要把我翻一遍

不过是时间让我的肌肤
生出海面一样的皱褶，而生活
给我一件应季的衣裳

退潮

不光是裸露的河床

飞来的白鹭

也在提醒：一场退潮，大海带走了

入海口几乎全部的河水

众多浅池和惊鱼，众多破碎的涟漪

像是特地给白鹭留下的

白鹭突然变得迟疑、紧张

似乎不敢相信

它晃动着细长的脖颈和小脑袋

对于海那边送来的一阵快意雄风而言

它的神色，显然悭吝了一些

风

长达半年的暑热中
街巷的风是热的
木器是热的，石头
失去本来的冰凉感
人群中不经意的一瞥
或者投向云天和海际线的瞩望
因暑热而仓皇疾逝
只有吹自入海口的风是惬意的
对于一个来自山里的异乡人
只有吹了半年的，呵，不，吹了
三十年的入海口的风
是唯一的清凉

闲事

说到流水，流水就来了
从远山来的，从云上倾注而下的
一路跌跌撞撞，此时都换了闷声不语的样子
大海倒坦然，一直在入海口
喊来喊去。喊出的白色浪花和涛声
都是流水所向往的，当你
差不多要忘记如何湮没于大海之际
大海就推着你，回溯到河道深处
这在涨潮时分仅能回到一段过往的流水
半咸不淡，似是而非
一群黑棘鲷鱼，趁机沿河道
来去历练了一回

提前涨潮

涨潮期在提前，在白天

海水无声地漫过入海口，河道变得丰盈

逆动的水势，甚至把灰鹬

一路引向接近中游的腹地

对岸初中的女孩们，早已不跳橡皮筋

大得显不出身形的校服

絮云一样晃过岸堤

入海口的风又吹见其中的浅凸

入海口的风，好大好大。才想起

好几天未听到黎明前渔船的突突声了

似乎好几天前出海的那条渔船

还被什么留在海上

秘密

从内河蜿蜒向入海口，夹岸
葳蕤：高低有椰子树、榄仁、黄婵、三角梅
以及紧贴沙滩抵近海浪的鲨藤

每一次风从海上来，感动万物
最为之枝摇叶颤的，不是贴得最低最近的鲨藤
……而是离得最远的那棵高高的椰子树

台风

说好来的就来了。一张旧报纸

带着一首没写完的诗，皱巴巴飞出栏杆

粗大的雨点

拍打、搓揉、撕扯……

一些字词涨满入海口的河水

好大的水——浑浊，惊醒，漫无头绪

河岸很长的一段，围起了塑料墙篱

看不到河水入海，也看不到

避风的船和把头埋在湿羽下的白鹭

但手上的笔还在与冥冥中的事物签押

风雨如晦，说好来的

还会来，百川正归海

休渔季

两个月过去，一艘船

没有划过纸上，掖藏的季节

笛声安静，白云有暌违已久的低垂

越来越多的灰鹬沉浸在水影中

一回回破镜重圆似的水影

系于一只初现锈迹的

坠向入海口的锚

他不知疲倦地伸向她的手

摸到肌肤上的尖叫，像马达一样

白露

这个九月，又会碰上白露
露从今夜白，但入海口只有风
只有貌似撇不清的涟漪
和暗流，和秘密
划行的苍白的手，和落落翅羽
一直被浪舌追堵。钟声
传得很远，像骑楼里的好名声
那女子坐到现在，她的身影
在斑驳的窗栏、楼梯和墙壁上
巨大而弯曲

像涂在纸上的入海口
只有白浪显出更白的样子

草木帖

草木枯荣，在缄默里
春风秋雨也应该在缄默里
天地回荡的，只有
忧心忡忡的脚步，那么多
赶路的人哪
悱恻于萧索的
也会迷失于万物葳蕤
脚步止于一些籽粒，或一枚
搓摩至圆至润的坚果
那细碎或坚硬的缄默里
草木现身，或枯或荣
沿着入海口
草木成片，像一群人
藏起了某一个人

海钓者

他必须换上不一样的钓饵

既然背离江湖，面对

蓝得不着边际的大海。一根

更粗更长的钓线，阳光中闪亮的

或者隐匿于风中的，将他

和大海绑在一起。他的钓饵

从此是百足海虫、活虾甚或他自己

天空每一次痉挛

能让他提现的，可能

是斑斓而剧毒的蓑鲉，也可能

是蛇形的闪电、看不见牙齿的狂潮

而一次小小惊骇，也足以冲抵

黑色礁石与白色浪沫之间

人世无用的絮叨与落寞

赶海者

大海终于可以让人捡漏了
不会给草叶留下一滴水的大海
一下有了谦让的样子
当然是你在潮退时分所见
而潮涨的姿势，你能看见的
比课本和转述的多
潮水凶猛而来，又快速退去
你还没来得及，从镜中妆回妙龄
你能向垒石奇绝的深处
掘进的机会，大海终于说出
这不是第一次，但可能是最后一次
你要尽快收拾一点算一点
大海并未真正撤退

观海者

我多半是从一条河流眺望大海
眼光撕开一道口子
我从未想过曾经向那一片遮天蔽日
的海蓝色，倾注了多少的浑浊
一条河流终于走到尽头
从一条河流的立场，我再也找不到
带着具有辨识度的泥沙味的一朵水花
汇融本身，意味着一方弱小的
最后消减与丧失。水在迅速增加
但品味不必遵从生活的咸淡

这一天

边境正吃紧，杀气直冲

尘嚣日上的争端

山里的友人遇上暴雨

受了内伤，芭蕉乱声一片，苦涩

在味觉里弥漫，像是呼应

这一天我在人群里攥紧你的手

入海口转晴，分界线在忽白忽灰的积雨云中

模糊，城市的窗户明净

这一天我在人群里攥紧过你的手

渔船驶向入海口

隆隆的马达声划过凌晨的河道

多日封闭的河道一下子

敞开呼吸。漫长的疫期

没有什么比这马达声

更像一场发自人世的欢唱

海那边，太阳正在升起

只有渔民能准确推知的潮汐

和渔汛，只有他们会将久违的平常

变成满载而归，让生活回到

生活该有的样子

只有隆隆的马达声

让时时蒙上口罩的人，陡然

从噩梦中醒来，并且有

冲出门大声欢唱的冲动

出海的渔船

我听到下半夜隆隆的马达声

肯定不是一艘船

河面上掀起层层水浪，堤岸路灯

把明亮的动荡带到空中，也包括

入海口外面的渔场，起网的沉坠感

我又一次感觉到身体摇晃了

年轻时也摇晃过

我想跟着渔船出一趟海

给船老大送上好烟好酒，听他

讲几个好故事

听了好多年下半夜出海的马达声

我就想了很多年，不知为何

我没有找到那样一艘船

出海

从海上升起的云
红树林中留着交流的遗迹
一条小船，要去入海口那边
在林间穿梭，充满隐喻和可能
我说的不只是难以禁隔的
水路，也在说一颗
承诺要去闯海的心
潮汐渐涨，红树林让出一片
完整的海水。云象几经变幻
看着看着，现在
是一条大鱼

渔

她得用尖顶椰叶帽

隔挡白炽得目眩的太阳天

一小片阴凉，足够海风送爽

海风送爽就是好日子：这样她看得远

可以从容打量水花溅开的船头

和水面上白色泡沫塑料板

所标示的渔网

这时鸥鸟翔集，一大片蓝得目眩的海

在她帽檐下的眼神里暗淡了一些

在入海口

有关那只豹子

这些年话题很多，不少人

赶来，从黑暗中抓取

一闪而过的豹斑，麇集的意念

像深色纽扣，扣紧想象的外套

一般来说，豹子习惯性

被人豢养在体内（如其所言）

又在养豹人的叙述里

充满隐喻和低沉的鼻息

随时，巨大的斑斓的身形

从面色灰暗的养豹人

跳脱而出，幻化为空中

要命的一跃，或伤心的诗句

我不需要这只豹子，在入海口

我正用身体一点点喂养

一只银色的虎头鲸

入海口箴言

要克制。诗
听从了经营

短，不放任
情绪的恣意流淌

且一开始，就
确知河道尽头

海上

静极。鱼群游进夜空
山峦沉入潮声。起伏的边脊线闪亮

静极。大海有着亘古不息的扰动
直到一头鲸鱼，一时带来浊重的呼吸

归人

回到岸上，回到一个称为故乡的地方
一棵桃树下，和最后落下的桃子被埋葬

我身上的海浪呢，一只刺青的军舰鸟飞在
我的左臂上，满目群山仍然涌动着潮汐

等等，在说完我莽撞的青春之前，请让我
将我的船，和落日浑圆的样子，埋葬一起

惊蛰

这一日有太多暗中的动静和重生
万物与百虫，因袭古老的勾连而挣扎、苏醒

我对这一日心存忧惧，一年中肉身与土地
最为贴近一天，不知我的哪一部分
睡着的会醒来，死去的会活转

无题，或者雨

一场雨水就足够了，欠下的债
会变得湿重，最后压垮一匹骆驼

也把将信将疑的旁观者，拉到玻璃面前
要么看到明澈的下一刻，要么面对

模糊的自己，在无法自我擦拭的
道德的天平上，有时候自己是含糊的筹码

有时候需要哭喊，没天没地
直到一场雨把那躲藏的根柢拽出来

我承认

我有无以弃绝之物，黑暗中
找不见的影子，但是它在

我有无以铭记的早晨或黄昏
无以留取的，草茎上的露珠和鸟鸣

我有无以抗违的命运，在入海口
你觉醒时我离开，你淡漠中我归返

嘈杂

夜声嘈杂，一个小男孩

撕心裂肺的哭喊骤然响起

是遭到大人拒绝还是因为什么

他的哭喊掠过入海口

车轮的摩擦和喧腾的人声

一下子准确地找到我耳朵

不，我不应该听到

他的哭喊，我能想到的只是

他妈妈要离开，身影在人群里躲闪

他在别人紧攥的大手里

挣扎，绝望，顿足和扭身

撕心裂肺地哭喊

不，我不应该这样去听

如同嘈杂记忆中突如其来的

一个小男孩的哭喊

一下子让我准确地找到自己

我也这样绝望地哭喊过啊

我就这样迈不动撵路的脚，再没能

追上，消失在人群里的妈妈

致父亲

那是你看得见的明月
一直在升起，高过尘世的
楼顶、树梢、那片山影和一声叹息

一直在升起，高过尘世的
一声叹息、山影、树梢和那片楼顶
那是你看得见的明月

这是你的烛火冰凉
这是我的泪水灼烫

记梦

梦见一些亲人

停留在某处

梦见兄弟，他甚至

狐疑地看着我

掩饰的表情，一层雾

把他从我身边慢慢拉开

儿子回到稚气的十来岁

一辆满载的中巴车停下

荒郊野外，撂下他一人

我告诉自己，反复

像是说明或安慰

儿子得走另一条路

因此他在岔路口，独自

等一辆分道而去的车

我很少梦到父亲

他在一个小石棺里

坡上陵园安静得只剩鸟鸣

我更少梦到母亲

她成了一捧灰

很早就留在嘉陵江

我梦到的自己都在赶路

我梦到只有自己

还在世上赶路

心事

许多年了，守在入海口
寻旧的潮汐会一遍遍来，上次带的
一群圆鲹鱼，再上一次
是一帮年轻的海鲈
下次谁也说不准
寻仇的闪电也找到门路
从海里驱赶鲸鱼和台风上岸

许多年了，守在入海口
该来的都来了，包括漏水的
渔船，盐渍和皱纹，以及要命的顽疾

入海口小记

即使夜晚，河岸
也灯火通明
修葺一新的岸边景观小道
一路明亮地铺伸。过昔日新港
再过跨海大桥，前面就是入海口
在混淆昼夜的光影中来去
那么多散步的人，谁也没有留意
迎面而来的世事。但看得到
张灯结彩的大桥那边
趋于黑暗的入海口
那黑暗是渐渐深远的
与不安分的大海蓄意相连
此刻水面上跳起的鲈鱼
像银镰一样一闪而过
那么多散步的人，谁也没有留意

口渴

说到夏日，他觉得口渴

那些天炽焰升腾，他觉得口渴

有时为眼睛所见，有时是心有所感

有时影子里水声里也有火舌毕剥，他觉得口渴

这时候说什么都是多余

给他一口水井他也觉得口渴

给他一个入海口他还是觉得口渴

变化

不要说没变，入海口的风
没变，流水以及流水带走的山影
没变，返潮以及返潮掠动的云象
回折的堤岸、迟疑的漩涡、匆匆走过的人
这一切似乎没变

岸上的老街，一家
叫博爱药房的改成了善缘佛具商店
香炉很干净，香也很干净

觉得

我总觉得迟了，时间在跟我开玩笑
一条长街很空，有什么我在错过

春天的火车站，铁轨伸入一片松涛
只有你知道，出山的人袖里藏下松针

那避开人群的黑水塘保留了我们的
桃花与颤栗，现在已一起消失

那座城市也被我们留在身后，飘荡着
我们没有掺杂什么的笑声，还有哭泣

但我总有突然的彷徨无助，像一粒
弃于尘埃里的尘埃，突如其来的焦灼

呵仿佛已经很久，我没有去和你见面
仿佛再过一会，我们再也不能见面

涨潮或退潮

水面是平缓的

入海口和与之相反的方向

让人得以辨认，涨潮与退潮

涨潮时许多可疑的漂浮，从入海口来

缓慢又坚定，拽着云影奔向曲折的腹地

那是被称为中游和上游的一段

林木葳蕤，水趋于甘甜

而当水流迅速退回入海口

大半个河床裸露

停泊的船仿佛遭遇搁浅

退潮带给人一下接一下的揪心

仿佛被挫伤的，再次裸陈出伤口

始终，水面是平缓的

平缓得稍不注意就没分什么

涨潮或退潮

入海口之夜

猎猎渔旗拍打着的入海口
安静下来，桅杆上灯光闪烁。渔船
在黑暗中积蓄力量，等待天亮时的潮水

而我在入海口又等待什么
我听得见渔民阿星低伏于船舷的鼾声
也听得见一头鲸鱼，正游向我

它正从更南边的海域
给我带来一根闪亮的鱼刺

雨水

海水蓝色不变

大雨三天三夜，天放晴

浑浊的只会是远道奔来的河水

你看到的一片浊流，在入海口弥散

海水仓猝后退，闪避，空气中一片哗然

但浊流最终消失于蓝色海水

即使那一脉，独自远逸的

那样的浑浊于大海什么都不是

曾经那么多人从山里来到入海口

曾经那么一个走得最远的人

从人群中再没有回来

代价

我已经明白她在人群与海浪中
已无暇顾我，我们
对视的机会
都不会再有，阳光
烧尽了一切
那种不见火焰的
无一遗漏的焚烧
那种烧得大海变形，时间
因之脆薄甚至碎裂的恣意
我们已无暇叨念彼此

呵，如果大海容忍再来
我愿深坠其黑暗，以找不到自身
的那朵浪花为代价

以看不到入海口也一夜白发
为代价，以坚称我们
从未在那里厮守为代价

老街故事

你得知道，我一直在那里
在靠近入海口的老街

我有一个身影绰约的爱人
在花丛缠绕的二楼窗口

我回想不出时间用什么样的精致
布置的二楼，有人说其实是我

用心布置的。爱人模糊的笑
像一个黄昏，像我们难猜的情缘

若你撑上我，在瓷器被打碎之前
我们都能看见她美好的面容

还有从入海口锦衣荣归的商船
那些掖进浪花与霞光的不为人知的

嶙峋与冰凉，那时我已经很老了
年轻人请别怪我，不能引你深入过多

我一直在那里，我的爱人
和一声叹息一直在那里

愧于立在原处

羞愧

某些时刻入海口是趋于消失的
看着这么多流水无辜消失，这么多
河水悄无声息地化为海水
宽阔替代以往的夹岸逼仄
宽阔得无边无际呀
我羞于立在原处，羞于这立着的肉身
五十多年了仍然形销骨立
还没有消失殆尽

某些时刻我羞于见到入海口
风照吹，水流汤汤
我为它毫无羞愧的样子而羞愧

溯回

我常作溯源之想，像碎玻璃

给日常一点锐利的闪光

在入海口，河水有奔赴大海的执拗

街巷被暗中带动，人群随大流

电动车揿响喇叭的时候

潮汐带着一半被咸化的河水

朝河岸内里奔回一段

当我真的朝河岸内里走去

从入海口来的海风，追上我

从我后背推了推

找到那海螺

不要走得太远。你只在经验的沼泽
来去，在抒情的缓坡地伸展隐喻的脊骨

关键词，个性粲然的密码，是与似
石与土各自相安，时间是最后的魔术师

他有过一路风生水起，如今他须发皆白
我们在涡状的豪华会场，回声一般

围聚，发散，并且充满仪式感
正好模拟诗歌现场，追问谵妄与真实

分辨一首诗带来的脚印与喘息，在奔涌
而来的海水中，找到那发声近似的海螺

去海边

闸口，入海口的水，高位养虾池

郊野靠一个个制氧泵的翻动

带来生气

我们靠不断后移的车窗

从中找到用于憧憬的

景致

木麻黄树遮挡的大海

成了可以共同倾诉的部分，它在话题里

有明显被夸大的情绪，被渔船

牵系，在空置的船舷上

它的舔舐，愈发暧昧与低迷

我们在天黑前

还好，沿去时各有揣测的路

回到城里

以为

令人感叹的时刻

在花蕾丛中，那完全可以忽视的一枝

被你看见，露水清新欲滴

如果这些都成立，事实上的

花朵肥硕，花粉趔趄其间

你打个盹，一只蜜蜂轻轻转动

但是他们都在飞舞

但是在蝉蜕一样的空壳里你可以找到

一小粒关于甜蜜的

回忆

多么令人感叹的变化啊

尖锐的时间让我

记住痛的一瞬

而释放，正如万千只蜜蜂

金色飞舞，并且凭本能找到空巢的家

而长久的耽留或暌隔，却令人变得含糊

有的，像你留意

又最终忽略的事物

问

入海口到底是什么地方
说是那条入海之河的抵达之处
还是说它最后消失

都说走着走着就不见了
我们不能说不可以,不能说入海口
就不是彼此分道与失散之地

一个人离去,也让一个人耽留
一朵轻云,最后带来滂沱大雨
一条入海之河流经我,也淹没过我

入海口到底是什么地方,是找到
最大的水体而难以忽略
一条河一滴水的地方,也是一滴水
很快有了泪一般浑浊而咸涩

现在

不，那是我们相互信赖之时
跑在前面的水花暴露了我们抱成一团
加速涌向入海口的渴望

现在水阔浪平
现在入海在即

我们对过去的水花也曾眷恋
还有蜿蜒而下的岸。我们，各走各的
像天上的星星，看着很近
也只是看着很近

引发哮喘

溺水一样的窒息感，时时
表明你把海，带在身上
海在你身上粉碎，重新集合，幻变
从你的骨缝与毛孔，海在稀释
它积高多年的含盐度

这是想象过海边生活的人
不，这是真正在海边生活并因致敏性
潮热引发哮喘的人，说得出的体会

……还有咕咕上升的气泡
被撞破的水体发出的闷浊声响
你恍惚，并未带走海的一点点，而是
又坠回海里，溺水一样
的窒息感令人挣扎
这一次，完全不像一只海鸟
冲进天空那样轻松

传接

此时要到入海的河边查看
才知道明天的潮涨潮落
但没有人能告诉他渔获如何
能告诉他的，只有死去的阿公
海浪淘尽了阿公的皱纹，死去多年了
他得把船驶出很远，独自
去海浪更大的海域搜寻运气

他梦见阿公，仍然黧黑地
立在船头举手搭棚张望
他注意到阿公的影子
像一截鱼骨似的刺进翻腾的海
那是不一样的海啊
眼前这入海口的海，已让他
琢磨不透，迎面而来的海浪，像皱纹
每琢磨一次就生动一次

热

天上有一场雨，蚂蚁

开始在骑楼老街的墙柱上

匆匆奔跑，细微的震动，空气中

越来越闷热，越来越黏滞

旧窗户半开着，倾向

入海口一侧。天上有一场雨

却迟迟没有落下来

游客越来越多，满头热汗

他们相互踩踏的身影，与

墙柱上奔跑的蚂蚁，重合了一部分

划分

入海口意味着划分

远道而来的河水与眼下无边无际

荡漾开来的海水

浊黄与湛蓝

一路低头的呜咽，与

开怀酣畅的高歌，未达与已达

之间的梦，回忆和唏嘘

暗淡的积雨云和碧空如洗

不，对于我这样已疏淡于抒情的人

入海口也意味着安身的老街

与对岸灯火炙热的

海鲜城的划分

因为这划分，我多了一点

前世与今生的喟叹

父亲

我得面对大海，我得
面对大海无边的蓝色与浩阔

长久的凝视与倏然的心灰意懒
因为大海蓝得没有出处，浩阔也是

让我们回到小船出发的洄流港
被他抓住手，他黧黑而多皱的手

抓住我们摇荡的心，按在
柴油发动机油腻的摇臂上，船

始终在摇荡，他笠帽下始终是
沧桑而慈爱的眼神，像被抚摸过的大海

看见

看流水是有些闷浊了
看侧岸是越来越低矮了
看我是话语少了

看拥挤在入海口的城市渐渐抵近云端
看飞鸟倏忽如令人不安的眼神
看我是头发白了

入海口情事

给你流水但你沉迷于

退潮后显山露水的礁石

那杵立在柔顺世道的摸得着的

粗粝与坚硬，暴露冰凉孤绝的态度

我知道再也不能弥补

即使给你礁石

给你盘踞的稳靠的爱

但你转头念叨于

越来越破碎的水影，直至干涸

流水和飞云都无法成型

你与我说散就散了

关于月亮

一定是瞎子，将一块
盘摩过久的石片或者他想看到的
放在那里，明眼人看见了它，却不一定
代他看清了它，它因为很难说是什么
而悬置高处，而发出光

认定

从海上回来的人，他的
身影里挤着奔逃的鱼群和鸥鸟

海浪竖起过，墙一样魆黑与绝情
他惯于在默认中咬紧鼓凸的咀嚼肌

惯于一声不吭地从海面看到船旗
看到星星浪荡在天上……神经质的甲由

一定在他心中乱窜。谁也没有在意他
黎明时的渔获，但认出他刚从海上回来

像认定一只聒噪的鸟不需要经过耳朵
像认定一片海不需要强调海腥味与盐

想法

转了一圈，又回到入海口
桌子下晃荡的脚
还粘在非洲沙丘，或拖沓在
鞑靼人席卷内陆的马蹄声里
眼睛拽回，再度
在大海与潮汐间梭巡
倾向于郁郁寡欢的
不锈钢桌腿，不会那么
轻易把自己交给
咸湿海风中的回忆与锈蚀
如果看得再仔细一点，从入海口
缓缓驶回的大船
它们的不锈钢护栏
将一片劝慰似的阳光反射过来
突然像眼里吹进了沙子
你揉了揉，刚醒过来的两眼

雨中

雨在抄写什么，新春

揉成一张潮湿又皱巴巴的纸

手机暴露了一个人的情绪倾向和行踪

惊飞的白鹭肯定若有所指

你与大海擦身而过，某处的瘀痕

也在自我辨认：没有一处归宿

不可以是花团锦簇

来去辞

风来过了，雨来过了
你再不来看我，这房子太旧，这一生太仓促

太阳出来我就走了，如果那时你来
如果你突然想起什么，满地阳光都是心碎的

漂浮

抵近吧抵近，灰色语词中的目的地
无边的水，世代相传的雾，疼痛的雨声
灰脊髓炎与世纪小孩，落日之前的无奈与我们
如果什么也于事无补什么也一事无成
就这样吧就这样，让你的船
漂浮着抵近

台风来

云在天上堆积，台风要来了
风声在椰子树冠上堆积，最早听见的
是盐灶村阿奻的渔船，摇啊摇，有倾覆之势
摇啊摇，阿奻枕边的大海螺屏住声息
被磨亮的螺身，映出阿奻下船时翻飞的花裙子
阿奻也说：台风要来了

自忖

没有什么不好想的
一旦择居入海口
返潮现象和海腥味就在墙上
为你张罗出水珠湿答答的
早上八点钟和深夜十二点钟（那也是
换个想法的凌晨零点钟）
想得多你就错失过多
岸和墙壁围拢过来，从四面八方
从过去，也从可以看得见的
未来。一艘船漂浮，像在水面上躺平
你本身，是栖身于街市的人
怀揣一些粗陋而趋近梦境的诗句
当然，如果你有船，你会在浪涛里
消磨烦闷的下午以及落日时分
以及海上漫无边际的
长夜一般的心

当你

当你心有恻隐，岸上的尘埃

从门缝和骨节涌入

白皙的手指不小心就积垢

辗转的夜里你会听到河水奔腾

马达声中出海的渔船飞向入海口

那是完全可以想象的场景

大海已经擦洗出一个波平如镜的早晨

渔船的每一次摇晃都像是

接近碎落在天上的曦光

直到你从入海口

从波光粼粼的眼下拉起父兄

早已布下的渔网……直到你的手

碰触到扑簌不停的鱼身

甚或从骨刺一般张开的鱼鳍

领受一点刺疼，那碰触

正是你和生活的碰触，是你

委顿于尘世的心，与充满诱惑

和挣扎的想象的碰触

正是你想要又说不出口的

大潮

昨晚我们看过退潮

月亮很圆，迅疾奔向入海口的水

带走各种泛渣、落叶、死鱼和起伏的

摆动不停的大小河蟹

好像大潮把河床都翻了一遍

好像上游的所有沉积都应该

乘此一刻搬送至入海口

而今晚我们看到的是涨潮

水从入海口返回，同样迅疾，水上

没有什么漂浮物，我们碰巧

又找见一只水中挣扎的河蟹

比昨夜看到的似乎要大，也不知

该叫他河蟹还是海蟹

但我们深知

水流湍急，月亮很圆

有东西浩浩荡荡，正从入海口带回

海边

那道波浪醒来之前
海一直被鱼群的梦呓所扰动

若有所思之际，十指
相互插合，诡异的飓风中的手势

想要投身而往的远方，镜子留下
一些退路和倒影，一声高调的口哨

船和赶潮人在空荡荡的晴天
形销骨立，他一直嚼着血红的槟榔

他一直被鱼群的梦呓所迷惑
那海醒来之前，他抵近入海口

私语

三伏天，接近

入海口的人

都有耐不住灼热的孤独

谁都在缄口不语

直到船，从动荡海上

载来铁块一般

的积雨云

那船也是孤独的

在入海口的水流中

完全可以形单影只地

驶到天上去

但那船消失之前

一定忘了将一块积雨云

卸到入海口的半空

因此雨没有下成，因此热

也是孤独的

三伏天，谁都会

恍惚并忘记些什么，谁
与谁的谁，都在灼热
都有灼热的缄默

挖掘船

是挖掘船的响声：挪动。旋转
力臂划过潮湿的空中冥想
仿佛花朵不再掖藏
是翻新和整饬
使入海口的两岸及其蓝图
有了意味深长的动静
但你可以忽略，一路你听到的
众多漫步之人的语焉不详
你看到的，声势浩大的清淤工程
水流仍在仄身而过
挖掘船下，那些替代时间
原本无声的流淌与消失，要么
在船舷划出一道道流光溢彩
要么将自己匿迹于
力臂彻夜转动的轰鸣

致入海口

为你抒情太多，我得想想

值得与否的问题

担心无所拦阻的汤汤水流

会翻越入海口的堤坝

那一份来自时间的澎湃

会激荡入怀，淹没每一个任性的字词

但所有思虑和担心不由我愿

看着你在浪尖上轻捷跳动的脚

那么明晰地

在松软的云团上留下足迹

或者终于，那么赧颜地

在宽容的水上抹去所有印痕

眼前

入海口，船桅林立

去远海捕鱼的大船

成片挤在内河道，摆明了

是要把特别的动荡留给大海

把大海留给台风

眼前大片停泊的景象让人欣喜

也让人忧虑

远离风暴的船

和离船上岸的人，都在

台风到来之前的静谧黄昏

缆索不得不承担更大的压力

——拴不住一粒落日

但必须拴住成排的船只

台风的教育，从一个渔民

醒事时就开始，因此船上的门锁

窗扣和任何一处

可能忘记紧闭的疏漏

风平浪静时他也必须心里有数
他心里已经有了一个避风的
入海口，他应该已经用世代经验
拴牢了一个平安的入海口

停在避风港的船

被桐油涂得光亮的木质渔船

安静又神秘地靠在岸边

没有了颠簸和突突作响的马达声

一个只穿裤衩的中年渔民

从黑洞洞的船舱走出，来到船尾

岸上的好几双眼睛

跟着他抽上一桶水，水从底舱

哗哗响着升起又跌入塑料桶中

路灯代替好奇的目光

升高几寸，但看不到还有什么

似乎是感受到了岸上不一般的关注

渔民又折回黑洞洞的船舱

这是台风前的一夜，在入海口

闲逛的人，意外地得以靠近

平常看不见的渔船

作为满足好奇的一点代价

一个中年渔民，应该是推迟了

洗去一身咸腥海浪的时辰

感秋

当木器在手中，不复过往的潮热
说明岛上的秋天真的来了
这是一种秘密的传告，一个人需要
用三十年才能谙熟的小窍门
镜子照见的浪花已经模糊
花朵的面孔开始积尘
大海在教导又一颗沉默而驯良的心

鱼群用了落叶的速度，水中的穿梭
再好看也是身形变幻的沉沦
秋天再清凉，也不是从头来过的意味

又听蝈蝈

一只初秋的蝈蝈叫了
一只城里的蝈蝈，在我朝着入海口的阳台
叫了，叫着乡野晒谷坝才有的蝈蝈声
月光黏稠的那种，我们冲进
一层薄雾时响彻耳际的那种，或者是
激荡在青石板铺砌小径的县城校园的那种
但听着听着，听出它是孤独的一只
仿佛来自难以抚扪的时间的缝隙
因幽寂而清亮，因执拗
而被我听见，一个身影迅疾闪过
从晒谷坝，到县城校园
到大陆最南端，过魆黑的海
……到此刻，朝着入海口的阳台

八月最后一个晚上

八月最后一个晚上，最后一个

好大好圆的月亮，那一颗

要奔走天宇的不甘之心，那一只

一直看着你的眼睛，如水沁凉，不一样的

沁凉，夜空也有了不一样的澄碧

入海口的人流，有了不一样的聚散与飘零

水面上金色的灯影幢幢

那仿佛来自虚拟的反射之物

只有它们在水中的燃烧是孤独的

中元之月

最初是一团模糊的红云
挂在天边，但又在那样的微暗时分
保持了大致的圆形，我甚至
以为是入海口钟楼上的巨大钟面
那红云之色，近乎于人来人往的街巷里
一堆堆纸钱撩起的金色火焰
还有插在一块黄瓜上的几支香烛
它们袅袅的烟息，加深了
我此时眼中的红月亮
但很快，当我再看，从披垂于
头顶的椰树叶间找到它时
它已经和平常一样又圆又白
它甚至更圆更白，铆足了劲似的
仿佛刚才那种红有点迎合人间的意思
仿佛现在，它得挣回应有的面子

某晚的入海口

夜晚散步入海口

灯光有些散淡

一些人慢步

另外一些人在疾走

影子带着咆哮

直面而来，擦肩而过

河中半明半暗的水

潜游着鱼群

一条冲出水面

刺啦一声

而落水的一声几乎听不见

落水没落水也看不见

总之，侧让着影子的我

身上陡然

卸下了什么

等一首诗

我一直在等

一首诗

用一个夜晚去等

虫声渐稀，月亮连续圆了

几夜，有点赧颜掩面的意思

被遮挡的，也包括

那首诗

是啊，在入海口

流水被灯光

撺掇着，忽明忽暗

船桅上的自明灯

也闪烁着，忽明忽暗

像很多人事的

凤毛麟角或草蛇灰线

像那首诗，它自己

要等到天亮

才放出

入海口清淤

金属的嘶吼响彻入海口

额外一份秋凉，潮水为之低落下去

这是难得的清淤季，是入海口

卸去经年积重与沉疴之时

会有更宽敞的胸怀，抱住更多避风的船

会有更深蓝的海水涌入，带来

更多密如繁星的鱼群。现在我们

听任挖沙船黑黢黢的挖斗粗暴地深入

灯影中如绸缎柔滑的河水

不停绞动的钢索吱吱作响，一股猝然之力

从水下，从我们习以为常的迂缓中

一点点掏出陈腐破旧的河床

现在一阵海风扑面，我们和入海口

同时啊啊地喊出声来

又遇台风

台风捶打着入海口
迷蒙一片。呼啸变得尖利
木器或金属的撕扯
被压住——没有真相
连台风都有了好听甚至诗意的名称
比如这一次的：浪卡

我深知入海口的内河
挤满了锁链成排的渔船
它们会撞击、颠荡，惊骇有声
或许还伴有狂乱的狗吠
人的惊叫和哭喊
但这些，人世低微的恐惧与祷告
压根就不会让我听见

热带风暴

都十一月了，但热带风暴
还在筛，还在摇，还在夸张地安置
一个体面的十一月

呜呜声仅在一层窗玻璃之外
海只在一瞥之间

多么浩阔的摇荡啊
一片树叶躲在一群树叶里
一朵浪花藏身于海

我听到遥远的回归之声
我听到他带女腔的喊叫，仿佛有个粉红的
旋转的影子

秋日打边炉

打边炉就是吃火锅

排雁在心头叫了三声

肉蔬就开始在水与火里撞出滋味

热带渐生寒凉，这时宜于蜇身街肆

一杯暗红的海马贡或者牛大力，一锅

热腾腾斋菜煲，都是旧时味道

一斤五香羊肉加一枚青橘

有好多亲人我得招呼一声，好多兄弟

我得敬上一回。这时宜于撸袖

解衣，挥汗如雨又跌回夏天

你看哇，味有南北

人生就有东西，恍恍间

一箸一食，不是我，就是筷子

也要有吞吐山河的架势

连日风雨

它们是雨，扑打入海口
在窗棚扑打出声
人世飘摇又模糊
但是船泊入了避风的河道
像元气大损的老人
水上有木头扭曲的吱呀
因此扑打入海口的，不止雨
包括它们，也不止是雨
不止窗棚，不止是
心痛就会出声

潮水一直变化

位置

梦中写下的诗记不起了
我曾对明天赞许过，那是一首好诗

早上，阳光明亮得有火焰的样子
车辆穿梭到晚上，像在搬运什么

路边小树林，窗台，楼道，门
光亮中秩序井然，悲喜没有位置

像我的膝盖可以摸出，但酸痛没有位置
像我的天空可以看见，但梯子没有位置

我一直想从黑夜那里
把那一首好诗找出来

回到海边

从那些山峦转回

望见海，海就有了

更近于高速公路的平滑

蔚蓝一定是来自内里的坦荡

十一月被一枚红枫

别在阳光稀疏的异域

像狐疑又像惊喜

海送给归来的人一张

会意的笑脸，送给流连不去的人

一个弯曲或者伸展

飞成候鸟的身影

记雨

雨飘在入海口
曾经是码头一部分的老街
新装修的门面哑然于
淅沥雨声，河水
径直在看得见的远处融入海水
入海口筑着过去的堤岸
衣着鲜亮的人群，一下雨
就散了

——像某种你以为是旧的
就可以把握
却一再失手的事物

冬日

进入冬日，路过入海口的风

更多了，·杂沓的寒意

捂住了小渔船的柴油马达

没有往日无所顾忌一般的轰响

什么都在蹙眉和埋头

水波粼粼，船上缩在头套里的渔民

岸上疾步而过的行人，晃动的

岸堤和扬向空中的椰叶

造访的海浪也小心了一些

一艘清淤船伸出长长的抓臂

从河床掏出堆积的泥沙

正为春天的鱼群

准备更深更宽的河道与流水

只有它发出的金属的撞击和绞动

此刻响彻入海口，毫无遮拦的意思

鱼群

仅仅几里地，顺着美舍河
就可以抵达入海口

鱼群不一定这么想
它们应感觉到了不一样的咸淡

前游或回溯，是有前提的
也有限制，鱼群顺从于命运的暗示

它们在弧形的虹彩里肯定看到
吉凶未知的不一样的入海口

大海并非每一条鱼的去处
人却不一定认清归宿，鱼群留下

一串没有挑破的水泡，消失
在来路，剩下人兀立，在入海口

过海回程

他原谅了很多

比如夜幕迟迟，没有一个

同船的人可谓熟悉

可以掏心

还是多年前过海的那艘船

但明显有了锈迹

他原谅了睡眼惺忪的甲板

昏暗的盥洗间

一小束灯光

与翻动的浪花

他原谅了

头上格外飘忽的星子

尽管前路已定

这一段航程最后

是他称为家的那套居室

他会打开灯

格外明亮的光

引他把自己放倒在床上

闭上眼

果树、劈柴和羊子

什么都不想

因此他原谅了

一个从船头逆光走来的人

有那么一瞬

他庞大粗鲁的身影

闪现一双狐疑的白眼

如果

如果不是风带来碎屑

掠过耳畔的，一些尖锐或者钝锉

就不会沾染屑片的亮色

而成为坏消息

也不会像沉重的积雨云

早早抵达入海口

但是，如果风仅仅带来碎屑

积雨云就只会倾覆

或者说翻个身

一场小雨下了就下了

但不知为何，雨点像吃肉的鞭子

一直抽打着入海口

你话里有话，那入骨的决绝

会叫人疼痛一生

秋日

秋天来了，当堤岸上的树叶

在你眼中由绿变黄，黑红杂陈的船旗

猎猎声中掩饰不住一丝凉意

你也能看到

我的笑容发自内心

丰盈，歉抑

有着比入海口

不一样的宽容，与安静

最后

年底最后一日，一粒沙

还有硌人的惶恐

人那么俗

需要新衣炫耀

像花朵招摇一生

最新的，也是最容易旧的

海岸与浪沫，风与亲密的枝杈

到底还是

一种明里暗里的销磨

最后的一首诗与入海口

一地砂砾，石英质的闪烁

与星光无异

元旦

凌晨就进入元旦

感恩的阳光七个小时后

才能从眼里照耀，大街还是大街

入海口还是入海口，一如既往

但陈律师要驾车赶去三亚，似乎只有

驾车赶去三亚，才有新年的小意思

沿东线高速南下，车堵，乱云遏止

被繁花杂树遮住的海岸线

那里有停不下的浪，与大海

唱给陆地的穷途之哭

但陈律师赶去三亚的目的，比所有这些

更具悬念，一桩官司纠结前生与后世

诉与辩分峙成案头山水

三个多小时后三亚将深坠梦中

阳光将会在新的一天更加炽热

似乎陈律师奔赴在路上，新年阳光

更加炽热，才有了一点意义

大寒

寒潮改变不了入海口
只改变趋近入海口的人
他朝大海望不了太久，眺望的热情
会被寒风吹冷，吹得如白浪溃散
呜呜嘶叫的心无所归依
入海口仍然在那里，听任
缓缓涨起的潮水抬举着河道
顺势把踽踽而行的人影
带回群山遮蔽的腹地

入海口仍然在那里，对寒潮
无动于衷，仿佛吹过了太多的寒风
也看过太多因寒风心冷如铁的人

消失

一不注意，睁眼

就看见日历

从 1 号跳到了 4 号

有两日凭空一般消失

楼道和园中植物，没有生长

变旧是一桩多么缓慢的事情

云朵本身就是变幻

入海口没日没夜

要看住堤岸和船，得再次

转动眼睛

但凭空一般消失的两日

说消失就消失，已经

没有痕迹

立春

还是冷

连敷上一层阳光的

热带岛屿都愿意裹上羽绒服

要不是他们在微信里

刷屏，晒图，吟咏春光明媚的诗句

要不是新闻播出一些地方解封

谁知道就到了立春呢

入海口还带着冬天的口罩

好些冷

竟源于习惯

和猝不及防的现实

立春记事

这个冬天太冷了
让人怀疑水流和被掐痛的指尖下
还有血脉贲张

还有可以望向远方的路
仿佛立春或有关春的事情，都在那边
一列列火车满实满载而去
正掏空我们

他们笑得无所忌惮，盛宴之上
碰杯的声音也像铁链撞击

惊醒

清晨的河道惊醒了我

一条条从入海口返回的渔船，一阵阵

哒哒声响的马达，被藏起的波涛

又全都亮了出来

像从空中攫取的鱼群，从大海深处

网住的云朵，历历可数

碎冰块压实了船舱，也使马达

沉重又高亢

沿河堤岸跑过一辆辆快车

早起而忙碌的人，在曦光中

留下剪影，清晨的河道惊醒了我

也惊醒了这座滨海之城

过年

像平时一样，我摸得到
自己的内心，惶恐，羞愧

像孤声突突的船，之于
迷茫的入海口

像特别的一日之于一年
被濯洗的，与被难以濯洗的

春天就在外面，请提醒我
我好放下渔网，和咸腥的双手

所见

鲱鱼肯定新鲜

鲹鱼也是，路灯下

红黑的渔旗呼啦啦撩动

春天的入海口

盆中的鱼眼，似乎

重又精光四射

来自临高的渔船

需绕过伸向北部湾的若干海岬

渔民阿星以市场半价

卖掉他老婆端出的鲱鱼与鲹鱼

他掏出手机

像收网一样乐呵呵

加了几个买鱼的

城里人的微信

没有流水

二月最后一天

让人兜了一圈后才想起

闰月，月亮圆过两天

就到了头，突然的空落

嫌日子多了也不是

少了也不是，就像我

晚间散步去了入海口的河岸

渔船簇拥着，红黑两色的渔旗

呼啦啦朝天搠着

渔民阿星不在，船在

人却回去了西海岸的家中

"几天后才有流水"

他们的流水，就是

带来大片鱼群的水流

这是闰月，等月亮圆过两天

就到了头，也到了开头

惊蛰日

入海口醒了，潮流
暗中召集渔船和鱼群

蚊子突然密集，贪婪让它们
从春风里找到血的滋味

蚊子突然叮人好狠
飘在入海口上方的云好快
指尖上的那一点痒，好痒

春来

春天，除了浪花
撒满入海口，就没有别的

除了被潮水分割的沙滩
云团一样，保持一种似断非断
的荒芜感，也没有别的

但不只是春天
才有浪花，春天会碰巧
来了看浪花的人

看铁船生锈的入海口的人
他胸中会轰然跑出，一万匹桃花马

海与河

我留下了什么

一件东西，一句忠告

或一个语义模糊的词

早晨我会走到阳台

川流不息的车辆正驰进阳光

车声轰隆，盖过一小片金属与金属

的摩擦，以及某扇玻璃的破碎声

幸运的话我还可以看到拉响鸣笛的船

如果它驶向入海口，潮水就会

几乎涨齐到沿江大道

我能留下什么，只在眼里

你能找到一条河掀起的粼粼波光

以及波光中，燃烧过的

火焰，与词的灰烬

比如海，海也可能是

众河的灰烬

每次

河岸又被新砌

翻新的不锈钢栏杆

已有锈迹

不是大面积

明显而肆无忌惮

而是细微的，渐进的

似有可无的

从里面锈

从开始就烂起

去看入海口路上

每次都有

要从浪花和鸟鸣中

擦拭锈迹的念头

每次……包括从之前的

花岗石雕栏

它们一部分仓促地

被推落水底

每次都显而易见

海风中，似乎只有

奔跑或大口呼吸

才会替它们

除锈，翻新

新春

涌进来的潮水映带花色

花是新植的三角梅

在别的地方已经把自己盛开过

但不是单株，是灿烂的一片

看上去都是新的

还不能碰触，那样指尖

也许会探拭一点异样的颤动

潮水更不能，涌进来

很快就身不由己地退回去

多看一眼都不行，多趔趄一下

也不行。但潮水映带花色

只有旧潮水，才能知趣地

配衬这般簇新的花色

诗歌日

周日，气温骤降，风开始吹
我又得朝入海口望一望
又得说温暖的潮水与鱼群
但周日也是诗歌日，又一年的
诗歌日，桃花在远方盛开
诗人在生活的某个角落
聚集并高声朗诵
像游出鱼群的鱼
我还得朝入海口望一望
那边会是不安分的海，一直到
彼岸未曾破开的冰封
但我还得望啊
诗歌日，气温骤降，风开始吹
我愿想出一首赞美之诗

渔船泊岸

泊岸的渔船来自岛西的临高

或岛东的琼海，潮水

带着鱼群，鸥鸟带着海风

掠过琼州海峡。黧黑的渔民阿星

从入海口回到闹市中的河道

但这一晚我忘了打电话

阿星的船仿佛系在海浪里

我备下一瓶好酒等他

他的渔船在临高船当中

破旧，迟缓，叹息，少有生气

但他直身站上船头的样子

再什么的渔船也加了油似地

呼呼吼叫了几声

潮水变化

潮水在变化。阿星的渔船

下午三点左右才从入海口返回

修葺一新的临河公园，红色漫步道

占据了原来泊岸的地方

泊船更远了，穿过两座桥

红色漫步道一直在岸上撵着

没撵上，它最终

在中途消失

阿星在电话里干咳了几声

好像为他自己错过的好时辰

如果那支烟还燃在他手上

他一定会

狠抽几口，吐出几团烟雾

将模糊不清的入海口拽至眼前

等潮水

船留在新埠桥下的码头

三月最后的一天，仍然没有

鱼群出现的潮水，一碗酒

放倒了阿星，他去了另一侧海岸线

陆地上的游荡仿佛也认从了

海上漂泊的宿命

鱼群就是命中的施舍，看潮水

吃饭，少不了三天打鱼两天晒网

阿星在岸上，一场醉打马而过

此刻入海口仍陷于潮声

此刻入海口只有满天星子

低垂，格外静谧

愚人节

省图书馆的自动还书机悠了我一把
吞进去二本，却显示只还了一本
管理员捂着口罩，像是从残骸中拎出
险成栽赃的那本，但还书已超期
等我的车，也在大门外超时，我得早走
像逃离一处惊悸而又遗憾的阵地
愚人节遍布大大小小的战场，好在
随之而来的午餐，蒋浩和我，老实地咀嚼
生活韧劲十足的牛腩，有一搭没一搭
插上油渍光亮的几句话
吃完所有的荤素我们分道而行
路口回头时，入海口显露了一段
不多不少的一幅画中的一段，正好水花
在一条突突驶过的渔船后面绽放一路
我打渔民阿星的电话没接，发微信
没回，邀他喝酒却无回应
直到晚上，到现在
我相信他还在海上捉大鱼

河道清淤

淤泥层积的河床会在退潮时显露

越早显露，表明层积之厚

越加肆意而旁若无顾，白鹭

像被撒开的纸屑随风起落，其中一片

飞舞到最远处——我来不及细数

也无意探知一座河滨城市的发展史

填埋的河汊与入海口，挖沙船

转动着金属摇臂

明天，将会水深，浪阔

我熟悉的滩涂肯定沉入一片波光

而一朵漂零水上的三角梅

不尽悠然，仿佛已洞悉水的深度

诗笺

笔要放下的时候
天空升起来

一颗老榕树要睡去的时候
雀鸟开始鸣叫

不， 是一缕热风轻易摁住了
那株攀援墙头的三角梅的歌唱

但是簇拥于入海口的白浪
沙滩上的鳌藤为之意乱情迷

船要靠岸的时候
喉咙有了吼叫的意思

再次在天空飞舞
诗一直在，没有放下的时候

买绿植记

"这是龙血树……"

其实不必介绍，它生长缓慢

我生活的岛屿上很多这种植物

多少像岛屿的夏天

跑了一年，从年头到年尾，还是

一样的热汗涔涔

很多年会从这持续蒸腾的气度

生出残忍迷雾，继而模糊

一个时代的近视眼镜

我太熟悉它了，曾有二十来年

周而复始，一次次接近它

它还有，始终不能成材的名声

树心空洞，不能用作木器

也不能当耐烧的木材，左右不是

但它因此得以全身，躲过斧斫

一座岛屿像它一样

得以万寿。不，想起来

我们应转而为大海的浩阔

与宽容，而心怀敬意

"大海，亘古而最有效的见证。"

循环

河床裸露，像一片
将要枯黄的树叶无所遮掩
这个夏天有很多人离去
每一朵浪花都是哭泣
别告诉我你什么也没听见
入海口是喑哑的
天空在水影里漂浮
每一条船都有呆怔的样子
每一条赶赴而来的河流
落潮时分裸露出河床
像涟涟泪痕，揩拭不尽

窗外

老码头有洗不白的灰暗

停泊过的船，踏拭过的脚

飞过的鸟都撒下阴影，像足了

一个用痕迹说话的时代

你别说没有，你能

看见的都是框定的，尽管

向阳的面壁上金色颗粒凸显

但仅仅一时，你总能

摸出久远之年的咸腥，潮湿

而灰暗，从入海口

从隐匿的骨头缝隙，从眼前

老街

整日守在老街，人变得琐碎
敏感，甚而多疑，像易皱的缎锦
铺面的花墙在花藤未及攀覆之前
已表明不俗的过往，一凸一凹
一现一隐，皆有来历
唯独你说不清，哪一天
你有过哪一段情缘，与哪一个谁
目目相接，眼波里私定了终身

你清楚热闹的老街石板路下面
曾是四通八达的水路
船和摆渡的人，一度轻巧来去

在夜里坐着

有时候在夜里坐着
在一扇窗里
不觉星月变幻，不觉虫声
稍纵即为虎啸，我耳朵
有时候坏了

但我还是情愿
在夜里坐着，在入海口
模糊一片的时候
有声音说三十年后
我还将在此刻的一扇窗里
坐着。你看，你看那些
夜，带来某种坏视觉
我看不见你心上
花团锦簇，以及
你眼中安静下来的大海

我不会一直坐到天亮

但我还是情愿

在夜里坐上一会

并告诉你我的眼睛也坏了

请动手揉碎

灵魂固有的香息

感时

还有好多人没有见
水龙头一拧开，日常就浸泡上爱
白菜认了豆腐里的高山流水

还有好多书没有读
好多河流与芦花
没有去到一个人的拜占庭

一个人的秋天，铺出纸莎草纸
以及天真的楔形符号
还有好多词语没有用上

还有一个可恨的人
没有恨过

注定

我们听不见

旧钟楼的钟声，它应该

先在钟面上消失

让老砖石砌筑的棱角、铁锈的

针臂与刻度，陷于遗弃感

而最后的回音则在我们

惶惑的身体里一点点消散

像奔赴入海口的河水

在一条河道消失

却又不是，瞬间消失殆尽

我们听不见那枯竭

死了的心一直带着波澜

他们

他们，告诉过海边小路的去向
入海口的水流也保持同一个方向
他们忘了告诉过
因此他们耷拉着耳朵，不听
任何申辩，他们耷拉着的耳朵
像两朵抽身而退的浪花
"这是他们残忍的功课"，你走过
跨海大桥一直走到入海口的栏杆
在满地工字型防浪石的中间
他们，干脆咬紧了嘴唇
并很快找到一只逃窜的寄居蟹

第一次

第一次看到海的人
我理解他喊出声，喊出那被
压在重重浪舌之下的，他自己

像在无边荒原，一只终未被驯服的
鹰，直冲云霄

而第一次看到荒原的我
竟然没敢出声，低下头，无措地
盯上一粒滚动的沙，倏忽即逝的滚动

海深沉，海的压抑中有它
何尝不想喊出的掖在身体中的晶盐
真的，海也一直在喊呢

入海口即景

看起来
那白鹭还是白鹭
在入海口
巨大的蓝色水体
翻出的白影
就像光斑
一点点消散又聚集
是所见略同呀
再看，那入海口
不完全只是
白鹭飞翔
给浪花擦出一丝丝
哨音一样的东西

悲喜

你觉得悲伤的时候

椰树已经用褴褛条叶

哭出声来

很久了你不会像

一片寓意明显的水花

漫过旧河道和入海口

你觉得欢喜的时候

渔船正轰鸣着出海

黑黑红红的渔旗插到天上

现在，就在你前面

海天一色，澄静，安详

消融了浩阔的悲喜

虽然那时，你年轻

曾为爱情而大放悲声

也为它喜极而泣

台风天

风雨两日，渔船
天色一样阴晦
渔民阿星打开第五罐啤酒
关好的舱门仍跑进几丝雨水
台风季与阿星是相熟的
风声呜呜，少年时代的袖管
早早被灌满，像刺鲀鱼的身体
也像鲣鸟竖起的翅膀
阿星应该是看见了上个月
在一阵白浪里逃遁的那条大鱼
他一口就喝掉半罐啤酒
他想喊一喊，但舱外
风雨声益发密集
入海口，摇晃不止

前方就是入海口

十月

一个人不能在十月平静下来
他就找不到让自己
平静的时候
杯水之中，秋天加速了茶凉
诗句里更多冷意
往返于岛陆的渡船渐有生气
更远处，雁鸣带着云朵消失
这是十月的入海口，万物
平静地恢复旧秩序
台风刚离去

雨，下了一整夜

半夜我又醒了，遮雨的凉棚
放大了一阵急促的雨声
仿佛在这样的台风夜，还有人
在入海口的窗前匆匆赶路
他们应该来自海上，从翻腾的浪涛里
弃船上岸，同时丢掉闪电和拉网
他们的身形模糊，成为风嘶吼的一部分
黎明时我再次醒来，雨声依然急促
我惊讶于他们不知道去往哪里
依然，一整夜都在赶路

愧疚

坐到下半夜，又是

怎样的愧疚

渔船已经呼啸而过

台风刚走

鱼群在入海口重新聚集

但是我一个人

坐到下半夜

你看我写下的字词，无用的

一点点消失的

被涂抹到现在

还要被涂抹到天明

不是在梦中

是下半夜

你得让我，哪怕

低低地，有一声惊叹

十一月的话题

十一月，太阳升起

阳光中的清凉从阳台植物，从入海口

沁入属于身体的隐秘诗句

我们谈论过的潜水艇留在昨晚

珊瑚细致生长，它们暗中拔节的声息

成为话题中正经严肃的部分

还有，我记起临街的一扇亮窗

电话中与另一为友人所谈起的宿命感

像悬置的钟楼，像搁浅的轮机

但现在，十一月的太阳升起

凉薄的影子渐渐被抹去

入海口纳金敛彩，夏季表面的灿烂

应有俱有。别奇怪，这里是热带

冬至

是日，人间多冷暖
下雪的下雪，喊冷的喊冷
没有一处遮不住的起落，与
坑，没有一个永远温暖的庇护所
可以安放，身心瑟缩的人
是日，你应放歌
草木有悲声，人间有欢情

是日，阳光正擦洗孤独的小岛
一朵白云清晰地
悬停于入海口上空

有关入海口

穷尽一生的词汇，但又拙于表达
我对入海口心生愧疚，它沿岸的椰子树
最接近海浪舔舐的鲎藤都在
深情而执拗地表白，生动远胜于我
过去的码头已没入繁喧的街市
在老街口的旧墟，其中一幢新楼的一扇窗
是我安身所在，也是我日日遥对
入海口的所在，过去的船
被拆分，水中物从此搁置于岸上
船木化身貌似沉静的茶柏、桌椅或墙饰
过去的店铺又换上光亮的招牌，就在前天
一家药铺，成了佛家香烛专卖店
人群中我几乎看不到熟悉的面孔
风雨依旧而改弦易张的声音一直在，好似
就让我一人听到，这熟悉的陌生感
这似曾相识却又无从抚扪，好似就让我
木讷，最后拙于向另一个人说出

表白

回不到山里，我就
再到海上

到机动驳船上，摇晃
星月，没有樯橹

保持这样的认同
浪乍起，高低就是一生

让我不爱，我就偏要
爱到大海如山一样止息

说到蛰居

说是蛰居，只不过是在老街口

的新楼里住下，有两扇窗

对着长堤路和车水马龙，再远一点

望得见入海口的斜拉索大桥

船是从美舍河突突过桥的，我已经

看不见，钟楼已过了百年，它从秀婷的

椰子树中探出身，饱经沧桑的身世

也让它显露自己，我已经

看不见河道又掀起怎样的浪花

我还不老道，尽管在此兜转，用了三十多年

其实蛰居，也就是埋身于楼群和人流

门闭着，到门总要打开

你什么也不是，也可能是个什么

几盆三角梅变得老干虬枝

但花开秾艳，那里

一群蚂蚁奔忙，肯定有杂沓的

脚步与身体的摩擦声，那也是蛰居

我听得出来

某日

就算戴着口罩的脸，人群中

仅剩下眉眼的你，我还是一眼认出

那是过去，一段爱铭心刻骨

成了我自身的一部分

呵，也许灾年有什么

让人觉出弥足珍贵的东西，像大浪淘沙

我能攥住的一粒沙砾，它比金子

更让我硌痛，因此更熠熠生辉

但岁月匆促，相逢不过如斯

我还没有来得及说出

想说的，你也没让我再说出

你不想听的，取下的口罩又戴上

放闸的潮水又再闭闸

街口还是那海，浩阔，依旧孤单

沧海记

昆仑山上，死去的海
留下大片贝壳

如果海一天天缩小，还在
一点点死去
到马里亚纳海沟见底，终有时日

我不会看见
我的眼泪已经枯干

所幸我不会看见
海倾注于我眼中的那一片海
会提前替代整个海死去：我的眼泪已经枯干

台风过

台风一过，就可以把那间果绿色
的小屋打扫干净，我还要过完余生

黄昏吹响一把旧号角，船出发过了
回航的船似乎安心在入海口晃荡

只有在鬓发霜染之际，那些堤石
会变得柔软，而瞩望会让人泪水涟涟

只有在大悲如喜之年，那些锚钩
不在乎攥实什么，海还是那海

我已安心在原地
我也不再等你

岸边

我见不得一个成人之哭
一个女人、或者一个男人的
那种隐忍不住的当众之哭
比如此刻的入海口
一个老妇埋头在河边的栏杆上
身体抽搐，像一条绝望的鱼
我知道她在哭，生活中
有她躲不过的伤心的礁石
我知道她就算伤心至极，也不愿
让人看到她泪水流淌的脸
再过一会，也许从入海口涌来的
潮水会将礁石或云朵藏于水下
也许她会平静下来
我知道一条绝望的鱼，就算
哭干了泪水，也不甘于
就此闭上双眼

发现

不，我发现空行
比空格更多趣味

就像入海口的堤岸
绵长，到一眼望不到边

因为那头，不一定就是
咸淡掺杂，思念也是表象

不一定就是终极，翻出的
浪可以代替很多事情

不一定就是海，等着
倾覆，你固守不变的空格

唯空行，无所收敛，无所预测
也无所防备

空中花园

她掌管着一把打开云朵的钥匙
这座高塔，为小城环置 360 度的俯瞰
再恢宏的大厦再精致的小楼
不过积木一般，其中
她琐碎的日常和秘密的爱情
甚至无以聚焦，而远山含黛，人如蝼蚁
流落低处的心，需要攀越，上升
……在云端构筑花园

噢，似乎那真的是一座花园
只属于她一人，来时花开满匣
去时众花凋敝，任它众花凋敝

听到

听到有人磨刀
就会看到枝干折裂、血、伤口
人世趔趄，时间加入哀号

金属撞击，比如枪栓
头脑里储存一把老枪的风暴
蘑菇云，与童话小树林，与不分
青红皂白的荡决和杀戮

最不济，有人咬牙
地球仪代替姓名不详的小鲜肉
满世界都是牙印
谁的心不是
大规模杀伤性武器呐

渔民兄弟

潮汐乱了，或者说潮汐
来去已经不让我心中有数了
阿星也没打电话，他的船还在海上

大海太大，一滴海水也没法有
咸涩的边际，他的船
难以靠岸歇息，颠簸也没有边际

阿星会记住我的话，我这里
有一瓶酒等着他，50 度的汹涌
给他止息，给我潮汐

某夜

从老街斑驳的甬道，少女

转向一侧的脸，灯光照见了一半的泪痕

深夜十一点的老街，行人渐少，车辆

如低垂的眼皮，在入海口的灯影中眨闪

少女之前的哭泣，只能关乎一起

与眼前景物毫无联系的事件

比如初恋的背叛，以及争吵后

手机上一阵拨不通的关机提示…… 少女的悲伤

是那么具体，难以自抑地走上老街

黑夜借灯光照亮又很快掩盖

她不情愿示人的泪痕，我假装

没看见，拎着打包的两杯老盐柠檬水

像影子一样，匆匆而过

潮水会退去

潮水会退去，变老的人
对留出来的滩涂多看了那么几眼

被遗弃的、没能带走的：橡胶手套
碎布袋、铁器，浑浊的老眼里开成花的石头

构成这座城市的积淀与吐沥，这条河
穿城而过，曲折又终于畅达地入海

在入海口，让人轻易地忘记什么
就像轻易地，重新对岸和激流能记住什么

舒展四肢有多好，像水在平铺中涌动
水不会平息，变老的人不会因为

握住了一根水蕴草而得以栖止

生日记

不过是寻常日子的一点波澜
但很快止息，轻如船旗的一下飚动

船拖住的众多水花，泊岸时
已成深流，他在今天哪里都不想去

他有渔网要收拾，被撕开的心眼
要重新紧束，阳光洒金，水天明晃晃

他搭手成蓬，把脸埋在影子里
就像把自己埋在寻常颠荡的水面

开头

需要开个头，这新的月份
第一声招呼和第一首
写在鸣笛和潮声之上的诗
咸涩，晶亮，注定在杂糅盐粒
与光的时间中引人回首
需要一次深呼吸，不同于
过往甚或将来，一艘船
新漆过的，就从眼前冲进入海口
需要一场浩瀚的雨见证
浩瀚到一辆急驶的红色小车
在水声中猝然熄火

雨后

驱车。近二十公里的海岸线

云朵下的游艇码头。碧海。海峡远阔

不见彼岸。只有层层浪头飞驰而过

直到我拐弯，泊车，查验身份并通过门岗

枝叶繁茂的小区，火热的夏季里燃烧的曲径

电梯孤独升降，十二楼和六楼

朋友闲置的二套商品房，被遮盖起来的

茶具，床，还未开瓶的红酒和洋酒

他们在冬天短暂徙居的痕迹，有张贴

在门里门外的福字可以表明

桌子上一包干净的抽纸，好像昨天

才打开，抽出的半张纸又塞回去，随时

可以嗤地一声，翅膀一样幸福张开

我关心的是昨夜一场暴雨，是否灌进

这久无人住的房屋，稍显逼仄的

空间是否积尘，发霉，生出别样的味道

海边的居室，金属栓总在锈蚀里哼唧

我关心的是穿堂风，劲吹，一扫可能的污浊

我关心的是重新关窗闭门，拉上窗帷

然后看到另一个我，驱车

又是近二十公里的海岸线，海峡远阔

不见彼岸。又是层层浪头飞驰而过

对岸

散步的人出现在对岸的河滨小径
小径已经修通，也就有了草木与铺石中
一场全新的涉足和探究

一个人对一座城，三十几年的打量
会因为一条新路或异乎寻常的角度
而陡生迷离，陌生，恍如隔世

我从对岸终于认清我应该所在的此岸
那几棵纠结成荫的老榕树，那车流
闪烁的路口，那里，老街一直敞开着

我认出身边的河水正随涨潮而迅疾倒流
我认准一直走下去，就是入海口

黄昏

黄昏的入海口，令人有些
消沉，向海的流水加倍放大夕光
朝天的瞩望接近于海面的呢喃
浪由此生成，碎散了又再次聚合，没完没了
黑红的渔旗斜垂在船头，令人想起那个
弃船入城嚼着血红槟榔的人

对她说

她说已经爱不动了
我希望她是对一座空荡荡的桥说的
对桥下的流水、对流水中
被模糊了的云朵影子说的
但我说一条河还在
喃喃着爱和被爱，离入海口
和一段浪漫海岸远着呐
我对被模糊了的云朵影子说
对流水、对一座空荡荡的桥说
是呀是呀，我希望
这样对她说

自省

转而内视，看见肌肤里的一条
时阻时纾的河流了吧
一些峰峦从心跳中剥离
越来越跌宕，越来越嵯峨。看见
渐失坚硬的骨头了吧
它们在血肉里勉强支撑
百多斤行走的重量与磨损
看见弄坏的脏器
与多舛的命运了吧
一个个与一种，你们与我

我宁愿从不知道何为内视
我宁愿知道也从不如此内视

花朵与引擎

为了醒来我特意调校时间

手机很快送上闹钟

春天了我没敢加入花朵们没日没夜的喧闹

街道走到最后就是枝头，一颗

白色安定药片是对想象过多的人的最大安慰

汽车安于抛弃般的停放，但有的引擎

还在通往明天早晨的路上轰鸣

夜深了我没敢想象那些没大没小的呼应

花朵与引擎，闹钟与白色安定

春天了我还没睡去就念着醒来的事情

说到入海口

入海口，可望又不可及
甚至可以掬捧在手又不可确知
河汉纵横，万流归海，是个大事情
我看不清入海口很正常，我看得清入海口
也只是侥幸，我是那条入海的河流呀
还是那个惝恍于岸上的人
同样是在心上悬着一块石头
我经常说着说着，把自己说成了
另一条河流甚或别的事物

入海口，就在那里
彤云垂天

入海记

我不会在去入海口的路上
再丢失什么，连一声喟叹，我也留着

宝贵啊，我一路有过的荡漾与涟漪
我一路本是曲回而又益发趋于妥协与和解的
流水，我有过的花开与云散，有过的

宽容与融合…… 我第一次变得咸涩，像海水
最后一次，我死了寡淡之心，像海水

缠绕

如果没有去到逝者
的故居，与骨殖消化的田野
你就说不上随春天返回
车轮疾驰，最早探触到暗地里饱胀的根茎
还有青草被搓揉的清香，呵春天
你也去过了旧船废弃的修船厂
那些仍然支棱的巨大龙骨
因此你倾听着午夜驶向入海口的渔船
突突的马达，是这个春天
最好听的声音

老爸茶

我喜欢坐在岛上嘈杂的老爸茶馆
我喜欢人们用我听不懂的方言
热烈谈论着什么
连鼎沸人声也是海阔天空的
我独坐一旁，一杯咖啡，或加糖的红茶
自有清静，回味与闲想变得沉浸深远
他们谈论时夸张的愁容或喜颜
有时会让我感动，三十年了，我早已
杯水之中喝淡了飘蓬如客的心思
我在场，又置身度外。大海
就在老爸茶馆几里之外，我们
并不需要时时提到它的潮汐与动荡

检讨

我以为还能记下那首诗

午睡前，细雨滴答，春天

在楼外的长堤路上溅起水花，堤内的

入海的河水，换了一副敛压住欢畅的表情

就在那时，那首诗很自然地

进入我的脑子，我甚至还为中间

或结尾的警句而暗自惊喜

醒来时我并没有想起，雨停了

长堤路上呼呼的车声像在冲洗什么

直到傍晚我才突然感到那首诗的存在

却不能记下任何字词，但是

它真的存在过，因为我的过于自信

而不能在春天的电脑屏上

以美妙的复原自证其身

个人史

我已经习惯了不说什么

只听，在似懂非懂的海南话当中，保持

鱼类一样良顺的表情

三十年了，我已不算是外省人了

如今我的本地朋友一次次谈兴正浓时

会突然打住方言，改用

我能听懂的普通话

我屡受感动，虽然我习惯了

鱼类一样说不出什么

其实我已经像流水

向入海口倾吐完了所有想说的

新年

是时间，让我吐出一口气
我在人群中走过老街斑驳的墙柱

红灯笼一夜之间挂满了骑楼甬道
为了在这一刻被看见

真的可以看见，黄橘子仅仅在阳光中
露一下脸，海的皱褶很快就找到它

至于船，它们也曾漆成新绿，也曾
在年青的渔民掌舵下披金沥彩

而入海口与旧码头，风吹着的
鱼腥味没日没夜，鱼刺暗中闪亮

是时间，也让我…… 泄气：是墙体的
斑驳与固执，让失水的皱褶不算什么

入海口散句

1

入海口的风大
但没有一棵树往后倒去
连一棵草，一粒沙，也是

2

晚饭后散步的人
来回于入海口，灯火
映照下的波光粼粼，闪亮的大桥
以及大桥过去，那黑暗的不曾散步到的
尽头，其实才是入海口

3

河的上游，雨在清明聚集

浊浪排空而下，但它最终带不走清澈
明净，和一条河积蓄的青碧
我等着浑浊的河水奔流入海，等着那一阵潮动
海的容纳，包含融汇、荡涤、宽宥与重塑
如此我等着，虽然
说不清具体等着什么

4

就在，那岸边
那潮汐，那浑噩无边的翻腾
与短暂而又必有的平复
这游戏他们做了
好多年，他们未见疲敝
甚至还在诱惑我们
用彻夜闪亮的萤火虫
用逾越生死的
波浪的游戏

云

——题油画《云帆直挂》之一

入海口。云在聚集

像一些旧譬喻垂青于当下一瞥

溯其根源，一部分来自于

百里归海的河流，另一部分来自于海水

因此云交织着奔赴、容纳与催动高潮的使命

云在蒸腾，使线条般单纯的桅尖

接近底色犹豫的天空

云在变幻，种种使命所唤起的力量

从桅杆传达到船舱，到海岬与防波堤

到环岛公路，到河流源头处的高山

云在拉升，也在逼压

直接影响暂时平静的海面

海，趋于破碎

帆
——题油画《云帆直挂》之二

当一匹布帛被加厚、缀宽
被颇具深意地锁边，由此成为一面
直挂船桅的帆
一些耐于撕磨的绳索，一些
黝黑又藏不住伤痕的手，帮助它
去海上兑现古老的誓言

当然风也在成就它
风给予它鼓胀于空中的耀眼弧度
它给予船，埋头前行的直线

现在它卷叠在船桅底部
像回到布帛那样，蜷缩的嘤咛，需要
再次完成变身为帆的过程
而卷叠本身，就是为了又一次伸展
对于一次朝向深海的启航
一面重新高张的帆，是必要保证
但已然不是唯一

船
——题油画《云帆直挂》之三

一种命名，包含从一叶舟楫

到核动力巨舰的演绎与聚合，像一座岛

它的命名里将析分出

入海口、老街新市、码头、自贸港

船与岛，契合于一种内在的承载力

停泊时它们都有一致的安详

一致的表面宁静。但是船有着不可违逆的宿命

它要出海，要去风波浪尖上验证自身

但是岛也在经历沧海桑田

它得求变，在时代的大潮中改换新颜

它们的每一次震荡，都可能

来自一致的颠簸与起伏

现在，宁静的入海口

在成排的现代化快艇中间，帆与船

俨然成为一种象征。谁都知道下一刻

万船竞发之时，一座岛

也将直挂云帆

入海口记

且对寂静的大地说：我在奔流。
对迅疾的流水说：我在停留。
——里尔克

1

得有去处：一物一念
江河在静默深处流
得有去处：水，时光，沉渣和低头的人

2

百折不回的奔流，揣带
众山的秘密，与丛林潮湿模糊的叨叨絮语
还有……石头也在为了出逃而紧跟流水
沿路市镇的繁喧，随沉寂下来的灯火
跌入流水，直到浑浊，直到泥牛入海
这奔流，无声无息地展开

入海口应有的豁达与包容
碧海，青天，白云……

我也来自山中，我在入海口
找到一个容身之地，一根栖息的枝头
我有秘密的淤伤，有说不尽的
爱，惆怅，以及疼痛

3

那年，不一样的风掠过山头
朝这片海的方向吹
盘旋出山的路上，草籽翻飞，沙尘迷眼
我挤上一列南下的绿皮火车
一人渡海，十万人也在渡海
山中从此少了登高一人吧
海边从此多了一个埋头的游子吧
哦不，一定还有另一个我，早于我
来到入海口，奔走于最初的码头
他应当做过苦力，满身肌肉，来自本地
最深处的丛林以及河流之源
他熟记每一艘货船靠岸的时间
他最后应当做了水手，从南洋锦衣而归
在入海口一侧最热闹的街上
建造一幢从未久住的洋楼

那年我踟蹰街巷，一棵孤挺的椰子树下

一次次，跟他闪出的影子撞个满怀

似曾相熟，我感觉他期许的眼神

无处不在，以致于我时时

有种重游旧地或重回故乡的恍惚

以致于我得像他一样，在

云朵里弄丢爱情，在涛声里

寄寓莽撞的青春

4

水开始变得咸涩。有过抵御

更多是挡不住的相融，一点点的交集

到一丝一缕的拉扯、吞咽、咀嚼

最终就范与融合。咸涩

有着无遮无拦的蔚蓝

随着海潮涌入狭窄的河道，像一支

步伐铿锵的大军长驱直入，丝毫没有

与河岸与淡水媾和的意思

在入海口，淡水有着显而易见的

烦闷与浑浊：是对命运的不知所措，还是

对旧时代的眷恋和不舍

我曾经感同身受，并为之

在春潮澎湃的时节，形销骨立

5

第一艘船顺着潮水，在入海口找到

避风与靠岸处。蓝色水手揉着

挂满盐粒的双眼

趔趄地踏上久违的陆地

他们的嘴里吐出锦绣，像他们的船

有卸不完的传奇和远方：种子与烈酒

布帛与鲜丽的器皿。而他们纷乱的足迹

是另一场来势浩荡的潮水

席卷入海口两岸，带来

繁忙的码头、长街和短巷

一部城市史，就此打开

一个人关于自身与一座城市关系的遐想

就此随晨昏时分，出海或回港的

渔船，一声接一声的鸣笛

时近，时远

6

第一幢高楼从水平面以下

铆足了根基，要承载和落实的，不仅是

万家窗口，还有蓝图描绘的大特区

第一座环形立交拔地而起

旧貌到新颜，需要畅通与速度

第一桶金，说不定就在下一步

像椰子砸在头上，一夜

暴富或赤贫，爱与恨交织，骨与肉撕裂

据说那是最好的，实现自我的年月

但更多的人在迷失

我蜇入本地方言的深巷

像入海口的水域里，一条仄身避潮的小鱼

他们一直在抓着脚丫争论

项目，征地款，高消费，土地出让……

听不懂，但足够我云里雾里

用更久的沉默和想象，陪他们喝完一杯茶

直到一些双头髻鲨有模有样地坐上

私彩的摊子，一群蓝圆鲹

拥我回溯到河水上游，最终

又在入海口弃我而去

7

得有出处，得记下一点什么

关于一处入海口的草蛇灰线，鸿泥雁爪

一座城用了几十年，终于豁显出

更加开放包容的自贸港的雏形

一个人用一生，去找自己

去兜转起伏，去安身立命，去回家

在入海口，已知与未知的交接处
百鸟归巢之际，又一场出海的鸣笛正要响起